(唐)劉長卿 著

劉隨州詩集

廣陵書社
中國·揚州

甲午春日廣陵書社
據清康熙四十六年
揚州詩局刻本影印

劉隨州詩集

（唐）劉長卿 著

中國·揚州
廣陵書社

據清康熙四十六年
隨州詩石刻本影印
甲午春日廣陵書社

送朱山人放越州賊退後歸山陰別業

越州一作中初罷戰，江上送歸橈。南渡無來客一作舟，西陵自落潮。空城垂故一作細柳，舊業一作井廢春苗。閭里相逢少一作見，鶯花共寂寥。

秋夜肅公房喜普門上人自陽羨山至

山棲久不見，林下偶同遊。早晚來香積，何人住沃洲。寒禽驚後一作曉夜，古木帶高秋。却入千峰去，孤雲不可留。

送李校書却赴南中此公舉家先流嶺南兄弟數人俱沒南中

却到番禺日，應傷昔所依。炎洲百口住，故國幾人歸。路識梅花在，家存一作有棣萼稀。獨逢迴雁去，猶作舊行飛。

過前安宜張明府郊居

寂寞東郭外，白首一先生。解印一作老罷孤琴在，移家一作家餘五柳成。夕陽臨水釣，春雨向田耕。終日空林下，何人識此情。

使迴次楊柳過元八所居

君家楊柳渡，來往落帆過。綠竹經寒在，青山欲暮多。薜蘿誠可戀，婚嫁復如何。無奈閑門外，漁翁夜夜歌。

送李侍御貶郴州

洞庭波渺渺，君去弔靈均。幾路三湘水，全家萬里人。聽猿明月夜，看柳故年春。憶想汀洲畔，傷心向白蘋。

寄普門上人

白雲幽臥處，不向世人傳。聞在千峰裏，心知獨夜禪。辛勤羞薄祿，依止愛閑田。惆悵王孫草，青青又一年。

過桃花夫人廟（即息夫人）

寂寞應千歲桃花想一枝路人看古木江月向空祠雲
雨飛何處山川是舊時獨憐春草色猶作憶佳期

鄂渚送池州程使君

瀟湘五馬動欲別謝臨川落日無湖色空山梅冶煙江
湖通廨舍楚老拜文翁風化東南滿行舟來去傳

送友人西上

羈心不自解有別會霑衣春草連天積五陵遠客歸十
年經轉戰幾處便（一作更）芳菲想見函關路行人去亦稀

送梁郎中赴吉州

遙想廬陵郡還聽叔度歌舊官移上象新令布中和香

竹經霜小聞猿帶雨多但愁殘拜日無奈借留何

過湖南羊（一作宋）處士別業

杜門成白首湖上寄生涯秋草蕪（一作閒）三徑寒塘獨一家
鳥歸村落盡水向縣城斜自有東籬菊年年解作花（一作發）

（詩題送韓東錢起王方）

送河南元判官赴河南句當苗稅充百官俸錢

春草長河曲離心共渺然方收漢家俸獨向汝陽田鳥
雀空城在榛蕪舊路遷山東征戰苦幾處有人煙

夏中崔中丞宅見海紅搖落一花獨開

何事一花殘閑庭百草闌綠滋經雨發紅豔隔林看竟
日餘香在過時獨秀難共攀芳意晚秋露未須團（一作傳）

送韓司直

遊吳還入越，來往任風波。復送王孫去，其如春草何。岸明殘雪在，潮滿夕陽多。季子楊柳廟，停舟試一過。

酬李明府中夜登蘇（一作福）州城樓見寄

辛勤萬里道，蕭索九秋後。日照閩中夜，天凝海上寒。客程無地遠，主意在人安。遙寄登樓作，空知行路難。

送人遊越（一作[illegible]）

未習風波事，初為吳越遊。露沾湖色晴（一作[illegible]），日照海門（一作山）秋。梅市門何在，蘭亭水尚流。西陵待潮處，落日滿（一作[illegible]）舟。

贈普門上人

支公身欲老，長在沃洲多。慧力堪傳教，禪心久伏魔。山雲隨坐夏，江草伴頭陀。借問迴心後，貧居事若何。

送康判官往新安（一作[illegible]）

不向新安去，那知江路長。猿聲近廬霍，水色勝瀟湘。驛路收殘雨，漁家帶夕陽。何須愁旅泊，使者有輝光。

送顧長（一本題下有往新安三字）

由來山水客，復道向新安。半是乘槎便，全非行路難。晨裝林月在，野飯浦沙寒。嚴子千年後，何人釣舊灘。

九日登李明府北樓

九日登高望，蒼蒼遠樹低。人煙湖草裏，山翠縣樓西。霜降鴻聲切，秋深客思迷。無勞白衣酒，陶令自相攜。

汀洲暖漸添煙景淡相和舉目方如此歸心豈奈何日
華浮野雪春色染湘波北渚生芳草東風變舊柯江山
古思遠猿鳥暮情多君問漁人意滄浪自有歌

自道林寺西入石路至麓山寺過法崇禪師故
居

山僧候谷口石路拂〔一作捫〕莓苔深入泉源去遙從樹杪回
香爐青靄散鐘過白雲來野雪空齋掩山風古殿開桂
寒知自發松老問誰栽惆悵湘江水何人更渡杯

和袁郎中破賊後軍行過剡中山水謹上太尉〔光明寺〕

剡路除荊棘王師罷鼓鼙農歸滄海畔圍解赤城西赦
罪春陽發收兵太白低遠峯來馬首橫笛入猿啼蘭渚
催新幄桃源識故溪已聞開閣待誰許臥東溪

送鄭十二〔一作入〕還廬山別業

潯陽數畝宅歸臥掩柴關谷口何人待〔一作在〕門前秋草閑
忘〔一作無〕機賣藥罷無語〔一作歸〕杖藜還舊筠成寒竹空齋向暮
山水流經〔一作過〕舍下雲去〔一作起〕到人間桂樹花應發因行寄
一攀

至饒州尋陶十七不在寄贈

謫宦投東道逢君已北轅孤蓬向何處五柳不開門去
國空迴首懷賢欲訴寃梅枝橫嶺竹路過湘源月下
高秋雁天南獨夜猿離心與流水萬里共朝昏

劉隨州詩集

（唐）劉長卿 著

中國·揚州
廣陵書社

據清康熙四十六年
隨州詩石刻本影印
甲午春日廣陵書社

劉隨州詩集

卷一

劉長卿字文房河間人開元二十一年進士至德中爲監察御史以檢校祠部員外郎爲轉運使判官知淮南鄂岳轉運留後鄂岳觀察使吳仲孺誣奏貶潘州南巴尉會有爲之辯者除睦州司馬終隨州刺史以詩馳聲上元寶應間權德輿常謂爲五言長城皇甫湜亦云詩未有劉長卿一句已呼宋玉爲老兵其見重如此集十卷内詩九卷今編詩五卷

逢雪宿芙蓉山主人

日暮蒼山遠天寒白屋貧柴門聞犬吠風雪夜歸人

送張起崔載華之閩中

朝無寒士達家在舊山貧相送天涯裏憐君更遠人

贈秦系徵君

羣公誰讓位五柳獨知貧惆悵青山路煙霞老此人

秦系頃以家事獲謗因出舊山每荷觀察崔公見知欲歸未遂感其流寓詩以贈之

初迷武陵路復出孟嘗門迴首江南岸青山與舊恩

夜中對雪贈秦系時秦初與謝氏離婚謝氏在越

月明花滿地君自憶山陰誰遣因風起紛紛亂此心

湘妃

帝子不可見秋風來暮思嬋娟湘江月千載空蛾眉

斑竹

蒼梧千載後斑竹對湘沅欲識湘妃怨枝枝滿淚痕

春草宮懷古

君王不可見芳草舊宮春猶帶羅裙色青青向楚人

正朝覽鏡作

憔悴逢新歲茅扉見舊春朝來明鏡裏不忍白頭人

瓜洲道中送李端公南渡後歸揚州道中寄

片帆何處去匹馬獨歸遲惆悵江南北青山欲暮時

送張十八歸桐廬

歸人乘野艇帶月過江村正落寒潮水相隨夜到門

過白鶴觀尋岑秀才不遇

不知方外客何事鎖空房應向桃源裏教他喚阮郎

聽彈琴

泠泠七絲（一作弦）上靜聽松風寒古調雖自愛今人多不彈

遊南園偶見在陰牆下葵因以成詠

此地常無日青青獨在陰太陽偏不及非是未傾心

入百丈澗見桃花晚開

百丈深澗裏過時花欲妍應緣地勢下遂使春風偏

送子壻崔真甫李穆往揚州四首

渡口發梅花山中動泉脉蕪城春草生君作揚州客

半邏鶯滿樹新年人獨還落花逐流水共到茱萸灣

雁還空渚在，人去落潮翻。臨水獨揮手，殘陽歸掩門。
狎鳥擕稚子釣魚終老身殷勤囑歸客莫話桃源人

寄龍山道士許法稜

悠悠白雲裏獨住青山客林下畫焚香桂花同寂寂

送方外上人

孤雲將野鶴豈向人間住莫買沃洲山時人已知處

送靈澈上人

蒼蒼竹林寺杳杳鐘聲晚荷笠帶夕陽青山獨歸遠

茱萸灣北答崔載華問

荒凉野店絶迢遰人煙遠蒼蒼古木中多是隋家苑

赴楚州次自田途中阻淺問張南史

楚城今近遠積靄寒塘暮水淺舟且遲淮潮至何處

江中對月

空洲夕煙斂望月秋江裏歷歷沙上人月中孤渡水

碧澗別墅喜皇甫侍御相訪

荒村帶返照落葉亂紛紛古路無行客寒山獨見君野
橋經雨斷澗水向田分不爲憐同病何人到白雲

初到碧澗招明契上人

漸老知身累初寒曝背眠白雲留永日黃葉減餘年猨
護窗前樹泉澆谷後（一作口）田沃洲能共隱不用道林錢

送少微上人遊天台

石橋人不到獨往更迢迢乞食山家少尋鐘野路遙松

門風自埽瀑布雪難消秋夜聞清梵餘音逐海潮

却歸睦州至七里灘下作

南歸猶謫宦獨上子陵灘江樹臨洲晚沙禽對水寒山開斜照在石淺亂流難惆悵梅花發年年此地看

對酒寄嚴維

陋（一作陌）巷喜陽和衰顏對酒歌懶從華髮亂閑任白雲多郡簡容垂釣家貧學弄梭門前七里瀨早晚子陵過

新年作

鄉心新歲切天畔獨潸然老至居人下春歸在客先嶺猨同旦暮江柳共風煙已似長沙傅從今又幾年

朱放自杭州與故里相使君立碑回因以奉簡

吏部楊侍郎製文

片石羊公後淒涼江水濱好辭千古事墮淚萬家人鵬集占書久鸞回刻篆新不堪相顧恨文字日生塵

送宣尊師醮畢歸越

吹簫江上晚惆悵別茅君踏火能飛雪登（一作吞）刀（一作山）入白雲晨香長日在夜磬滿山聞揮手桐溪路無情水亦分

送裴使君赴荆南充行軍司馬

盛府南門寄前程積水中月明臨夏口山晚望巴東故節辭江郡寒笳發渚宮漢川風景好遥羡逐（一作繼）羊公

送裴郎中貶吉州

亂軍交白刃一騎出黃塵漢節同歸闕江帆共逐臣猨

愁岐路晚梅作異方春知已鄭侯在應憐朓粟人

酬皇甫侍御見寄時前相國姑臧公初臨郡

離别江南北汀洲葉再黄路遥雲共水砧迴月如霜歲儉依仁政年衰憶故鄉佇看一作君宣室召漢法倚張綱

月下呈章秀才八元

自古悲揺落誰人奈此何夜蛩偏傍枕寒鳥數移柯向老三年謫當秋百感多一作無愁百口多家貧惟好月空媿子猷過

酬張夏

幾歲依窮海頽年惜故陰劍寒空有氣松老欲無心翫雪勞相訪看山正獨吟孤舟且莫去前路水雲深

送李使君貶連州

獨過長沙去誰堪此路愁秋風散千騎寒雨泊孤舟賈誼辭明主蕭何識故侯漢廷當自召湘水但空流

秋夜北山精舍觀體如師梵

焚香奏仙唄向夕遍空山清切兼秋遠威儀對月閑靜分巖響答散逐海潮還幸得風吹去隨人到世間

酬張夏雪夜赴州訪别途中苦寒作

扁舟乘興客不憚苦寒行晚暮相依分江潮欲别情一作江湖别有情水聲冰下咽砂路雪中平舊劍鋒鋩盡應嫌贈朓一作脁自輕

尋洪尊師不遇

古木無人地，來尋羽客家。道書堆玉案，仙帔疊青霞。鶴老難知歲，梅寒未作花。山中不相見，何處化丹砂。

喜鮑禪師自龍山至

故居（一作山）何日下，春草欲芊芊。猶對山中月，誰聽石上泉。猨聲知後夜，花發見流年。杖錫閑來往，無心到處禪。

送方外上人之常州依蕭使君

宰臣思得度，鷗鳥戀爲羣。遠客迴飛錫，空山卧白雲。夕陽孤艇去，秋水兩溪分。歸共臨川史，同翻貝葉文。

宿北山禪寺蘭若

上方鳴夕磬，林下一僧還。密行傳人少，禪心對虎閑。青松臨古路，白月滿寒山。舊識窗前桂，經霜更待（一作得）攀。

赴新安別梁侍郎

新安君莫問，此路水雲深。江海無行跡，孤舟何處尋。青山空向淚，白月豈知心。縱有餘生在，終傷老病侵。

江州留別薛六柳八二員外

江海相逢（一作逢君）少，東南別處長。獨行風嫋嫋，相去水茫茫。白首辭同舍，青山背故鄉。離心與潮信，每日到潯陽。

和州留別穆郎中

播遷悲遠道，搖落感衰容。今日猶多難，何年更此逢。世交黃葉散，鄉路白雲重。明發看煙樹，唯聞江北鐘。

和州送人歸復郢

因家漢水曲，相送掩柴扉。故郢生秋草，寒江澹落暉。綠

林行客少赤壁住人稀獨過潯陽去潮歸人不歸

送金昌宗歸錢塘

新家浙江上獨泛落潮歸秋水照華髮涼風生褐衣柴門斷馬少藜杖拜人稀惟有陶潛柳蕭條對掩扉

酬張夏別後道中見寄

離羣方歲晏謫宦在天涯暮雪同行少寒潮欲上遲海鷗知吏傲砂鶴(一作沙鳥)見人衰只畏生秋(一作憶春)草西歸亦未期

新安奉送穆諭德歸朝賦得行字

九重宣室召萬里建溪行事直皇天在歸遲白髮生用材身復起覩聖眼猶明離別寒江上潺湲若有情

偶然作

野寺長依止田家或往還老農開古地夕鳥入寒山書劍身同廢煙霞吏共閑豈能將白髮扶杖出人間

送州人(一作睦州)孫沅自本州却歸句章新營所居

故里歸成客新家去未安詩書滿蝸舍征稅及漁竿火種山田薄星居海島寒憐君不得已步步別離難

送李員外使還蘇州兼呈前袁州李使君賦得長字袁州即員外之從兄

別離共成怨(一作誠共怨)衰老更難忘夜月留同舍秋風在遠鄉朱弦徐向燭白髮強臨觴歸獻西陵作誰知此路長

酬李員外從崔録事載華宿三河戍先見寄

寒江鳴石瀨歸客夜初分人語空山答猨聲獨戍聞遲

來朝及暮愁去水連雲歲晚心誰在青山見此君

見秦系離婚後出山居作

豈知偕老重垂老絶良姻郗氏誠難負朱家自媿貧綻衣留欲故織錦罷經春何況蘼蕪緑空山不見人

酬秦系

鶴書猶未至那出白雲來舊路經年别寒潮每日迴家空歸海燕人老發江梅最憶門前柳閑居手自栽

歲日作

建寅迴北斗看曆占春風律變滄江外年加白髮中春衣試稚子壽酒勸衰翁今日陽和發榮枯豈不同

題元録事開元所居

幽居蘿薜情高卧紀綱行鳥散秋鷹下人閑春草生冒風一作嵐歸野寺收印出山城今日新安郡因君水更清

送崔載華張起之閩中

不識閩中路遥知别後心猨聲入嶺切鳥道問人深旅食過夷落方言會越音西征開幕府早晚用陳琳

送張司直赴嶺南謁張尚書

番禺萬里路遠客片帆過盛府依横海荒祠拜伏波人經秋瘴變鳥墜火雲多誠憚炎洲裏無如一顧何

寄會稽公徐侍郎公時在王傅

摇落淮南葉秋風想越吟鄒枚入梁苑逸少在山陰老鶴無衰貌寒松有本心聖朝難稅駕惆悵白雲深

送朱山人放越州賊退後歸山陰别業

越州（一作中）初罷戰，江上送歸橈。南渡無來客（一作信），西陵自落潮。空城垂故（一作細）柳，舊業（一作井）廢春苗。閭里相逢少（一作誰相見），鶯花共寂寥。

秋夜肅公房喜普門上人自陽羨山至

山棲久不見，林下偶同遊。早晚來香積，何人住沃洲。寒禽驚後（一作獨）夜（一作晚），古木帶高秋。却入千峰去，孤雲不可留。

送李秘書却赴南中（此公舉家先流嶺外，兄弟數人俱没南中）

却到番禺日，應傷昔所依。炎洲百口住，故國幾人歸。路識梅花在，家存（一作看）棣蕚稀。獨逢迴雁去，猶作舊行飛。

過前安宜張明府郊居

寂寥東郭外，白首一先生。解印（一作考滿）孤琴在，移家（一作家移）五柳成。夕陽臨水釣，春雨向田耕。終日空林下，何人識此情。

使迴次楊柳過元八所居

君家楊柳渡，來往落帆過。緑竹經寒在，青山欲暮多。薜蘿誠可戀，婚嫁復如何。無奈閑門外，漁翁夜夜歌。

送李侍御貶郴州

洞庭波渺渺，君去弔靈均。幾路三湘水，全家萬里人。聽猨明月夜，看柳故年春。憶想汀洲畔，傷心向白蘋。

寄普門上人

白雲幽臥處，不向世人傳。聞在千峰裏，心知獨夜禪。辛勤羞薄禄，依止愛閑田。惆悵王孫草，青青又一年。

逢郴州使因寄鄭協律

相思楚天外，夢寐楚猨吟。更落淮南葉，難爲江上心。衡陽問人遠，湘水向君深。欲逐孤帆去，茫茫何處尋。

岳陽館中望洞庭湖

萬古巴丘戍，平湖此（一作北）望長。問人何淼淼，愁暮更蒼蒼。疊浪浮元氣，中流没太陽。孤舟有歸客，早晚達瀟湘。

巡去岳陽却歸鄂州使院留别鄭洵侍御侍御先曾謫居此州

何事長沙謫，相（一作長）逢楚水秋。暮帆歸夏口，寒雨對巴丘。帝子椒漿奠，騷人木葉愁。誰憐萬里外，離别洞庭頭。

夏口送屈突司直使湖南

共悲（一作愁）來夏口，何事更南征。霧露行人少，瀟湘春草生。鶯啼何處夢，猨嘯若爲聲。風月新年好，悠悠遠客情。

代邊將有懷

少年辭魏闕，白首向沙場。瘦馬戀秋草，征人思故鄉。暮笳吹塞月，曉甲帶胡霜。自到雲中郡，于今百戰强。

雨中過員稷巴陵山居贈别

憐君洞庭上，白髮向人垂。積雨悲幽獨，長江對别離。牛羊歸故道，猨鳥聚寒枝。明發遥相望，雲山不可知。

送李中丞之襄州（一作送李中丞歸漢陽。李一作李一。無之襄州三字）

流落征南將，曾驅十萬師。罷歸無舊業，老去戀明時。獨立三朝識（一作邊靜），輕生一劒知（一作隨）。茫茫漢江上，日暮復（一作欲）何

之

奉使至申州傷經陷没

舉目傷蕪没何年此戰爭歸人失舊里老將守孤城廢戍山煙出荒田野火行獨憐溮水上時亂亦能清

穆陵關北逢人歸漁陽

逢君穆陵路匹馬向桑乾楚國蒼山古幽州白日寒城池百戰後耆舊幾家殘處處蓬蒿遍歸人掩淚看

安州道中經溠水有懷

征途逢溠水忽似到秦川借問朝天處猶看落日邊映沙晴漾漾出澗夜濺濺欲寄西歸恨微波不可傳

步登夏口古城作

平蕪連古堞遠客此沾衣高樹朝一作潮光上空城秋氣歸微明漢水極搖落楚人稀但見荒郊外寒鴉暮暮飛

贈別盧司直之閩中

爾來多不見此去又何之華髮同今日流芳似舊時洲長春色遍漢廣夕陽遲歲歲王孫草空憐無處期

酬郭一作張夏一作廈人日長沙感懷見贈此公比經流竄親在上都

舊俗歡猶在憐君恨獨深新年向國淚今日倚門心歲去隨湘水春生近桂林流鶯且莫弄江畔正行吟

赴巴南書情寄故人

南過三湘去巴人此路偏謫居秋瘴裏歸處夕陽邊直道天何在愁容鏡亦憐裁書欲誰訴無淚可潸然

餘干旅舍

搖落暮天迥青楓霜葉稀孤城向水閉獨鳥背人飛渡口月初上鄰家漁未歸鄉心正欲絕何處擣寒衣

登思禪寺上方題修竹茂松

上方幽且暮(一作西峰上方處)臺殿(一作榭)隱蒙籠(一作朦朧)遠磬秋山裏清猨古木中衆溪連竹路諸嶺共松風儻許棲林下甘成白首翁

恩敕重推使牒追赴蘇州次前溪館作

漸入雲峰裏愁看驛路閑亂鵶投落日疲馬向空山且喜憐非罪何心戀末班天南一萬里誰料得生還

北歸次秋浦界清溪館

萬里(一作嶺)猨啼(一作頻)斷孤村客暫依(一作萬古啼猨後孤城落日依)雁過彭蠡暮人向宛陵稀舊路青山在餘生白首歸漸知行近北不見鷓鴣飛

謫官後却歸故村將過虎丘悵然有作

萬事依然在無如歲月何邑人憐白髮庭樹長新柯故老相逢少同官不見多唯餘舊山路惆悵枉帆過

重推後却赴嶺外待進止寄元侍郎

却訪巴人路難期國士恩白雲從出岫黃葉已辭根大造功何薄長年氣尚寃空令數行淚來往落湘沅

秋杪江亭有作(一作秋杪干越亭)

寂寞江亭下江楓秋氣斑(一作日暮更愁遠天涯殊未還)世情何處澹湘水

向人閑寒渚一孤雁夕陽千萬山扁舟如(一作将)落葉此去未知還(一作俱在洞庭間)

送鄭司直歸上都

歲歲逢離別蹉跎江海濱宦遊成楚老鄉思逐秦人馬首歸何日鶯啼又一春因君報情舊閑慢欲垂綸

送靈澈上人歸嵩陽蘭若(一作巖)

南地隨緣久東林幾歲空暮山門獨掩春(一作青)草路難通作梵連松韻焚香入桂叢唯將舊缾鉢却寄白雲中

却赴南邑留別蘇臺知己

又過梅嶺上歲歲此(一作北)枝寒落日孤舟去青山萬里看猨聲湘水靜草色洞庭寬已料生涯事唯應把釣竿

和靈一上人新泉

東林一泉出復與遠公期石淺寒(一作淺石春)流處山空夜(一作暮)落時(一作淺澗春流處空山夜月時)夢閑聞(一作歸)細響慮澹對(一作向)清漪動靜皆無意(一作如此)唯應達(一作道)者知

送李摯赴延陵令

清風季子邑想見下車時向水彈琴靜看山採菊遲明君加印綬廉使託惸嫠旦暮華陽洞雲峰若有期

奉送裴員外赴上都

形襜江上遠萬里詔書催獨過潯陽去空憐潮信迴離心秋草綠揮手暮帆開想見秦城路人看五馬來

長沙桓王墓下別李紓張南史

長沙千載後春草獨萋萋流水朝將（一作空又作還）暮行人東復西碑苔幾字滅山木萬株齊佇立傷今古（一作惟有年芳在）相看惜解攜

送侯（一有侍字）御赴黔中充判官

不識黔中路今看遣使臣猨啼萬里客鳥似五湖人地遠官無法山深俗豈淳須令荒徼外亦解懼埋輪

秋日登吴公臺上寺遠眺寺即陳將吴明徹戰場（一作地）

古臺搖落後秋日（一作入）望鄉心野寺人來少雲峰水隔深夕陽依舊壘寒磬滿空林惆悵南朝事長江獨至今

淮上送梁二恩命追赴上都

賈生年最少儒行漢庭聞拜手卷黃紙迴身謝白雲故關無去客春草獨隨君淼淼長淮水東西自此分

送崔昇歸上都

舊寺尋遺緒歸心逐去塵早鶯何處客古木幾家人白髮經多難滄洲欲暮春臨期數行淚爲爾一霑巾

過李將軍南鄭林園觀妓

郊原風日好百舌弄何頻小婦秦家女將軍天上人鴉歸長郭暮草映大堤春客散垂楊下通橋車馬塵

送嚴侍御充東畿觀察判官

洛陽征戰後君去問凋殘雲月（一作日）臨南至風霜向北寒故園經亂久古木隔林看（一作古道近鄉看）誰訪江城客年年守

一官

送王端公入奏上都

舊國無家訪臨岐亦羨歸途經百戰後客過二陵稀秋草通征騎寒城背落暉行當蒙顧問吳楚歲頻饑

送營田判官鄭侍御赴上都

上國三千里西還一作遊及歲芳故山經亂在春日送歸長曉奏趨雙闕秋成報萬箱幸論開濟力已實海陵倉

送李校書赴東浙幕府校書工於翰墨

方從大夫後南去會稽行淼淼滄江外青青春草生芸香辭亂一作校事梅吹聽軍聲應訪王家宅空憐江水平

清明後登城眺望

風景清明後雲山睥睨前百花如舊日萬井出新煙草色無空地江流合遠天長安在何處一作何處是遥指夕陽邊

陪王明府泛舟

花縣彈琴暇樵風載酒時山含秋色近鳥度夕陽遲出沒鳧成浪棠籠竹亞枝雲峰逐人意來去解相隨

送度支留後若侍御之歙州便赴信州省覲

國用憂錢穀朝推此任難即山榆莢變降雨稻花殘林響朝登嶺江喧夜過灘遥知驄馬色應待倚門看

餘干夜宴奉餞前蘇州韋使君新除婺州作

復拜東陽郡遥馳北闕心行春五馬急向夜一猨深山過康郎近星看婺女臨幸容棲託分猶戀舊棠陰

晚次苦竹館却憶干越舊遊

匹馬風塵色千峰旦暮時遥看落日盡獨向遠山遲故驛花臨道荒村竹映籬誰憐却迴首步步戀南枝

送李二十四移家之江州

煙塵猶(一作遥)滿目岐路易霑衣適(一作遷)客多南渡征(一作春)鴻自北飛九江春草緑(一作東林古寺靜)千里暮潮歸別後難(一作誰)相訪全家隱釣磯(一作羨爾全家隱盧峰對掩扉)

送盧判官南湖

漾舟仍載酒愧爾意相寬草色南湖緑松聲小署寒水禽前後起(一作出)花嶼往來看已作滄洲調無心戀一官

送張栩扶侍之睦州(此公舊任建德令)

遥憶新安舊扁舟復却還淺深看水石來往逐雲山入縣餘花在過門故柳閑東征隨子去皆隱薜蘿間

集梁耿開元寺所居院

到君幽卧處爲我埽莓苔花雨晴天落松風終日來路經深竹過門向遠山開豈得長高枕中朝正用才

贈西鄰盧少府

籬落能相近漁樵偶復同苔封三徑絶溪向數家通犬吠寒煙裏鵶鳴(一作飛)夕照中時因杖藜次(一作倘因藍轝出)相訪竹林東

遊休禪師雙峰寺

雙扉碧峰際遥向夕陽開飛錫方獨往孤雲何事來寒

潭映白月，秋雨上青苔。相送東郊外，羞看驄馬回。

廨中見桃花南枝已開北枝未發因寄杜副端

何意同根本，開花每後時。應緣去日遠，獨自發春遲。結實恩（一作應）難忘（一作望），無言恨豈知。年光不可待，空羨向南枝。

奉送盧員外之饒州

天書萬里至，旌旆上江飛。日向鄱陽近，應看吳岫微。暮帆何處落，潮水背人歸。風土無勞問，南枝黃葉稀。

送處士歸州因寄林山人

陵陽不可見，獨往復如何。舊邑雲山裏，扁舟來去過。鳥聲春谷靜，草色太湖多。儻宿荆溪夜，相思漁者歌。

移使鄂州次峴陽館懷舊居

多慙恩未報，敢問路何長。萬里通秋雁，千峰共夕陽。舊遊成遠道，此去更違（一作迷）鄉。草露深（一作空）山裏，朝朝落（一作滿）客裳。

送齊郎中赴海州

華省占星動，孤城望日遥。直廬收舊草，行縣及新苗。滄海天連水，青山暮與朝。閭閻幾家散，應待下車招。

重陽日鄂城樓送屈突司直

登高復送遠，惆悵洞庭秋。風景（一作水）同前（一作千）古，雲山滿上游。蒼蒼來暮雨，淼淼逐寒流。今日關中事，蕭何共爾憂。

更被奏留淮南送從弟罷使江東

又作淮南客，還悲木葉聲。寒潮落瓜步，秋色上蕪城。王

事何時盡滄洲羨爾行青山將綠水惆悵不勝情

經漂母墓

昔賢懷一飯茲事已千秋古墓樵人識前朝楚水流渚蘋行客薦山木杜鵑愁春草茫茫綠王孫舊此遊

送李端公赴東都

軒轅征戰後江海別離長遠客歸何處平蕪滿故鄉夕陽帆杳杳舊里樹蒼蒼惆悵蓬山下瓊枝不可忘

送王員外歸朝

往來無盡目離別要逢春海內罹多事天涯見近臣芳時萬里客鄉路獨歸人魏闕心常在隨君亦向秦

送蔣侍御入秦

朝見及芳菲恩榮出紫微晚光臨仗奏春色共西歸楚客移家老秦人訪舊稀因君鄉里去爲埽故園扉

洞庭驛逢郴州使還寄李湯司馬

洞庭秋水闊南望過衡峰遠客瀟湘裏歸人何處逢孤雲飛不定落葉去無蹤莫使滄浪叟長歌笑爾容

送舍弟之鄱陽居

鄱陽寄家處自別掩柴扉故里人何在滄波孤客稀湖山春草遍雲木夕陽微南去逢迴鴈應憐相背飛

送裴二十端公使嶺南

蒼梧萬里路空見白雲來遠國知何在憐君去未迴桂林無葉落（一作落葉）梅嶺自花開陸賈千年後誰看朝漢臺

過桃花夫人廟 即息夫人

寂寞應千歲桃花想一枝路人看古木江月向空祠雲雨飛何處山川是舊時獨憐春草色猶似憶佳期

鄂渚送池州程使君

蕭蕭五馬動欲別謝臨川落日蕪湖色空山梅冶煙江湖通廨舍楚老拜戈船風化東南滿行舟來去傳

送友人西上

羈心不自解有別會霑衣春草連天積五陵遠客歸十年經轉戰幾處便 一作更 芳菲想見函關路行人去亦稀

送梁郎中赴吉州

遥想廬陵郡還聽叔度歌舊官移上象新令布中和看竹經霜少聞猨帶雨多但愁徵拜日無奈借留何

過湖南羊 一作來 處士別業

杜門成白首湖上寄生涯秋草蕪 一作開 三徑寒塘獨一家鳥歸村落盡水向縣城斜自有東籬菊年年解作花 一作愛汝醒還醉東籬菊正花

送河南元判官赴河南句當苗稅充百官俸錢

春草長河曲離心共渺然方收漢家俸獨向汶陽田鳥雀空城在榛蕪舊路遷山東征戰苦幾處有人煙

夏中崔中丞宅見海紅摇落一花獨開

何事一花殘閑庭百草闌綠滋經雨發紅艷隔林看竟日餘香在過時獨秀難共憐芳意晚秋露未須團 一作漙

使還至（一作自）菱陂（一作波 一作坡）驛渡淛水作

清川已再涉，疲馬共西還。何事行人倦，終年流水閑。孤煙飛（一作出）廣澤，一鳥向空山。愁入雲峰裏，蒼蒼閉古關。

送齊郎中典括州

星象移何處，旌麾獨向東。勸耕滄海畔，聽訟白雲中。樹色（一作影）雙溪合，猿聲萬嶺同。石門康（一作空）樂住（一作在），幾里枉帆通。

過隱空和尚故居

自從飛錫去，人到沃洲稀。林下期何在，山中春獨歸。踏花尋舊徑，映竹掩空扉。寥落東峰上，猶堪靜者依。

過蕭尚書故居見李花感而成詠

手植已芳菲，心傷故徑微。往年啼鳥至，今日主人非。滿地誰當埽，隨風豈復歸。空憐舊陰在，門客共霑衣。

送袁處士

閑田北川下，靜者去躬耕。萬里空江菼，孤舟過郢城。種荷依野水，移柳待山鶯。出處安能問，浮雲豈有情。

酬李侍御登岳陽見寄

想見孤舟去，無由此路尋。暮帆遥在眼，春色獨何心。緑水瀟湘闊，青山鄂杜深。誰當北風至，爲爾一開襟。

喜晴

曉日西風轉，秋天萬里明。湖天一種色，林鳥百般聲。霽景浮雲滿，遊絲映水輕。今朝江上客，凡慰幾人情。

劉隨州詩集

卷二

夏口送徐郎中歸朝

星象南宮遠，風流上客稀。九重思曉奏，萬里見春歸。棹發空江響，城孤落日暉。離心與楊柳，臨水更依依。

鄂渚聽杜別駕彈胡琴

文姬留此曲，千載一知音。不解胡人語，空留（一作愁）楚客心。聲隨邊草動，意入隴雲深。何事長江上，蕭蕭出塞吟。

過鸚鵡洲王處士別業

白首此爲漁，青山對結廬。問人尋野笋，留客饋家蔬。古柳依沙發（一作岸），春苗帶雨鋤。共憐芳杜色，終日伴閑居。

寄萬州崔使君 令欽

時艱方用武，儒者任浮沈。摇落秋江暮，憐君巴峽深。丘門（一作立）多白首，蜀郡滿青襟。自解書生詠，愁猨莫夜吟。

送馬秀才移家京洛便赴舉

自從爲楚客，不復掃荊扉。劒共丹誠在，書隨白髮歸。舊遊經亂靜，後進識君稀。空把相如賦，何人薦禮闈。

送南特進赴歸行營

聞道軍書至，揚鞭不問家。虜雲連白草，漢月到黃沙。汗馬河源飲，燒羌隴坻遮。翩翩新結束，去逐李輕車。

送道標上人歸南岳

悠然（一作悠）倚孤棹，却憶臥中林。江草將歸遠，湘山獨往深。

白雲留不住淥水去無心衡岳千峰亂禪房何處尋

送梁侍御巡一作赴永州

蕭蕭江雨暮客散野一作短亭空憂國天涯去思鄉歲暮同到時猨未斷迴處水應窮莫望零陵路千峰萬木中

歲夜喜魏萬成郭夏一作廈雪中相尋

新年欲變柳舊客共霑衣歲一作旅夜猶難盡鄉春又獨歸寒燈映虛牖暮雪掩閑扉且莫一作旦暮乘船去平生相訪稀

送蔡侍御赴上都

遲遲立駟馬久客戀瀟湘明日誰同路新年獨到一作別鄉孤煙一作燈向驛遠積雪去關長秦地看春色南枝不可忘

晦日陪辛大夫宴南亭

月晦逢休澣年光逐宴移早鶯留客醉春日爲人遲蓂草全無葉梅花遍壓枝政閑風景好莫比峴山時

送獨孤判官赴嶺

伏波初樹羽待爾靜川鱗嶺海看飛鳥天涯問遠人蒼梧雲裏夕青草嶂中春遙想文身國迎舟拜使臣

長沙館中與郭夏一作廈對雨

長沙積雨晦深巷絕人幽潤上春衣冷聲連暮角愁雲橫全楚地樹暗古湘洲杳藹江天外空堂生百憂

陪辛大夫西亭宴觀妓

歌舞憐一作連遲日旄麾一作旗映早春鶯窺隴西將花對洛陽人醉罷知何事恩深忘此身任他行雨去歸路裛香一作輕

壓

題魏萬成江亭

蕭條方歲晏牢落對空洲才出時人右家貧湘水頭蒼山隱暮雪白鳥没寒流不是蓮花府冥冥不可求

春過褁虬郊園時褁不在因以寄之

郊原春欲暮桃杏落紛紛何處隨芳草留家寄白雲聽鶯情念友看竹恨無君長嘯高臺上南風冀爾聞

送韋贊善使嶺南

欲逐一作報樓船將方安卉服夷炎洲經瘴遠春水上瀧遲歲貢隨重譯年芳徧四時番禺靜無事空詠飲泉詩

送喬判官赴福州

揚帆向何處挿羽逐征東夷落人煙迥王程鳥路通江流回澗底山色聚閩中君去凋殘後應憐百越空

送李補闕之上都

獨歸西掖去難接後塵遊向日三千里朝天十二樓路看新柳夕家對舊山秋惆悵離心遠滄江空自流

送袁明府之任

旣有親人術還逢試吏年蓬蒿千里閉村樹幾家全雪覆淮南道春生潁谷煙何時當莅政相府待聞天

海鹽官舍早春

小邑滄洲吏新年白首翁一官如遠客萬事極飄蓬柳色孤城裏鶯聲細雨中羈心早已亂何事更春風

南湖送徐二十七西上

家在橫塘曲那能萬里違門臨秋水掩（一作淹）帆帶夕陽飛

傲俗宜紗帽干時倚布衣獨將湖上月相逐去還歸

曲阿對月別岑況徐說

金陵已蕪没函谷復煙塵猶見南朝月還隨上國人白

雲心自遠滄海意相親何事須成別汀洲欲暮春

送李侍御貶鄱陽（此公近由此州使迴）

迴車仍昨日謫去已秋風干越知何處雲山只向東暮

天江色裏田鶴稻花中却見鄱陽吏猶應舊馬驄

送路少府使東京便應制舉（時梁宋初失守一題作送駱三少府西山應制）

故人西奉使胡騎正紛紛（一作汀洲芳草綠日暮更氛氳）舊國無來信春江

獨送君五言淩白雪六翮向青雲誰念滄洲吏（一作史）忘機

鷗鳥羣（一作自是無機者沙鷗已可羣又作空自無機事沙鷗已可羣）

松江獨宿

洞庭初下葉孤客不勝愁明月天涯夜青山江上秋一

官成白首萬里寄滄洲久被浮名繫能無媿海鷗

尋白石山真禪師舊草堂

惆悵雲山暮閑門獨不開何時飛杖錫終日閉蒼苔隔

嶺春猶在無人燕亦來誰堪瞑投處空復一猨哀

送行軍張司馬罷使迴（一作送張扈司直歸越中）

時危身赴敵事往任浮沈末路（一作萬里）三江去當時（一作孤城）百戰

心春風吳苑（一作草）綠古木剡山深千里滄波上（一作明日滄洲路）孤

舟（一作雲）不可尋

喜李翰自越至

南浮滄海上萬里到吳臺久別長相憶孤舟何處來春風催客醉江月向人開羡爾無羈束沙鷗獨不猜

罪所留繫寄張十四

不見君來久冤深意未傳冶長空得罪夷甫豈言錢直道天何在愁容鏡亦憐因書欲自訴無淚可潸然

送勤照和尚往睢陽赴太守請

燃燈傳七祖杖錫為諸侯來去（一作去住）雲無意東西水自流青山春滿目白日夜隨舟知到梁園下蒼生賴（一作眷）此遊

長門怨

何事長門閉珠簾只自垂月移深殿早春向後宮遲蕙草生閑地梨花發舊枝芳菲自（一作似）恩幸看著（一作却）被風吹

過橫山顧山人草堂

只（一作秖）見山相掩誰言路尚通人來千嶂外犬吠百花中細草香飄雨垂楊閑卧風却尋樵徑去惆悵綠溪東

送李校書適越謁杜中丞

江風處處盡旦暮水空波摇落行人去雲山向越多陳蕃懸榻待謝客枉帆過相見耶溪路逶迤入薜蘿

秋夜雨中諸公過靈光寺所居

晤語青蓮舍重門閉夕陰向人寒燭靜帶雨夜鐘沈（一作深）流水從他事孤雲任此心不能捐斗粟終日媿瑤琴

西庭夜燕喜評事兄拜會

猶是南州吏，江城又一春。隔簾湖上月，對酒眼中人。棘寺初銜命，梅仙已誤身。無心羨榮祿，唯待却垂綸。

尋南溪常山道人隱居一作尋常山南溪道士隱居

一路經行處，莓一作蒼苔見履痕。白雲依靜渚一作者，春一作芳草閑閑門。過雨看松色，隨山到水源。溪花與禪意，相對亦忘言。

揚州雨中張十宅觀妓一作張謂詩

夜色帶一作對又作滯春煙，燈花拂更然。殘粧添石黛，艷舞落金鈿。掩笑頻欹扇，迎歌乍動弦。不知巫峽雨，何事海西邊。

赴宣州使院夜宴寂上人房留辭前蘇州韋使君

白雲乖始願，滄海有微波。戀舊爭趨府，臨危欲負戈。春歸花殿暗，秋一作寒傍竹房多。耐可機心息，其如羽檄何。

送薛承矩秩滿北遊

匹馬向何處，北遊殊未還。寒雲帶飛雪，日暮雁門關。一路傍汾水，數州看晉山。知君喜初服，秖愛此身閑。

餞別王十一南遊

望君煙水闊，揮手淚霑巾。飛鳥沒何處，青山空向人。長江一帆遠，落日五湖春。誰見汀洲上，相思愁白蘋。

送嚴維尉諸暨嚴即越州人

愛爾文章遠，還家印綬榮。退公兼色養，臨下帶鄉情。喬

木映官舍春山宜縣城應憐釣臺石閑却爲浮名

送李七之祚水謁張相公

惆悵青春晚慇懃濁酒壚後時長劒澀斜日片帆孤東閣邀才子南昌老腐儒梁園舊相識誰憶臥江湖

送崔處士先適越

山陰好雲物此去又春風越鳥聞花裏曹娥想鏡中小江潮易滿萬井水皆通徒羨扁舟客微官事不同

奉陪使君西庭送淮西魏判官得山字

羽檄催歸恨春風醉別顔能邀五馬送自逐一星還破竹從軍樂看花聽訟閑遙知用兵處多在八公山

獄中見壁畫佛

不謂衛寃處而能窺大悲獨棲叢棘下還見雨花時地狹青蓮小城高白日遲幸親方便力猶畏毒龍欺

送許拾遺還京

萬里辭三殿金陵到舊居文星出西掖卿月在南徐故里驚朝服高堂捧詔書暫容乘駟馬誰許戀鱸魚

送張七判官還京覲省大夫之子時初

春蘭方可採此去葉初齊函谷鶯聲裏秦山馬首西庭闈新栢署門館舊桃蹊春色一作日長安道相隨入禁闈一本缺

送孫瑩京監擢第歸蜀覲省

適賀一枝新旋驚萬里分禮闈稱獨步太學許能文征馬望春草行人看暮雲遙知倚門處江樹正氛氳

送史九赴任寧陵兼呈單父史八時監察五兄

初入臺

趨府弟聯兄看君此去榮春隨千里道河帶萬家城繡服棠花映青袍草色迎梁園修竹在持贈結交情

臥病喜田九見寄（一作過）

臥來能幾日春事已依然不解謝公意翻令靜者便庭陰殘舊雪柳色帶新年寂寞深村裏唯君相訪偏

重過宣峰寺山房寄靈一上人

西陵潮信滿島嶼入中流越客依風水相思南渡頭寒光生極浦暮雪映滄洲何事揚帆去空驚海上鷗

雲門寺訪靈一上人

所思勞日夕惆悵去西東禪客知何在春山到處同獨行殘雪裏相見白雲中請近東林寺窮年事遠公

送陸羽之茅山寄李延陵

延陵衰草遍有路問茅山雞犬驅將去煙霞擬不還新家彭澤縣舊國穆陵關處處逃名姓無名亦是閑

寄靈一上人初還雲門（一作皇甫曾詩）

寒霜白雲裏法侶自相攜竹逕通城下松風隔水西方同沃洲去不作武陵迷髣髴知心處高峰是會稽

寄靈一上人（一作皇甫冉詩 一作郎士元詩）

高僧本姓竺開士舊名林一去春山裏千峰不可尋新年芳草遍終日白雲深欲徇微官去懸知訶此心

送韓司直

遊吴還入越來往任風波復送王孫去其如春草何岸明殘雪在潮滿夕陽多季子楊柳廟停舟試一過

酬李郎中夜登蘇（一作福）州城樓見寄

辛勤萬里道蕭索九秋殘日照閶中夜天疑海上寒客程無地遠主意在人安遥寄登樓作空知行路難

送人遊越（一作郎士元詩）

未習風波事初爲吴越遊露霑湖色曉（一作晚）月照海門（一作山）秋梅市門何在蘭亭水尚流西陵待潮處落日滿扁（一作抓）舟

贈普門上人

支公身欲老長在沃洲多惠力堪傳教禪心久伏魔山雲隨坐夏江草伴頭陀借問迴心後賢愚去幾何

送康判官往新安（一作皇甫冉詩）

不向新安去那知江路長猨聲近廬霍水色勝瀟湘驛路收殘雨漁家帶夕陽何須愁旅泊使者有輝光

送顧長（一本題下有往新安三字）

由來山水客復道向新安半是乘槎便全非行路難晨裝林月在野飯浦沙寒嚴子千年後何人釣舊灘

九日登李明府北樓

九日登高望蒼蒼遠樹低人煙湖草裏山翠縣樓西霜降鴻聲切秋深客思迷無勞白衣酒陶令自相攜

同諸公登樓

秋草行將暮登樓客思驚千家同霽色一鴈報寒聲北望無鄉信東遊滯客行今君佩銅墨還有越鄉情

送友人南遊

不愁尋水遠自愛逐連山雖在春風裏猶從芳草間去程何用計勝事且相關旅逸同羣鳥悠悠往復還

送裴二十一

多病長無事開筵暫送君正愁帆帶雨莫望水連雲客思閑偏極川程遠更分不須論（一本缺）早晚惆悵又離羣

送張判官罷使東歸

白首辭知己滄洲憶舊居落潮迴野艇積雪臥官廬范

叔寒猶在周王歲欲除春山數畝地歸去帶經鉏

早春

微雨夜來歇江南春色迴本驚時不住還恐老相催人好千場醉花無百日開豈堪滄海畔爲客十年來

送青苗鄭判官歸江西

三苗餘古地五稼滿秋田來問周公稅歸輸漢俸錢江城寒背日湓水暮連天南楚凋殘後疲民賴爾憐

過包尊師山院

賣藥曾相識吹簫此復聞杏花誰是主桂樹獨留君漱玉臨丹井圍碁訪白雲道經今爲寫不慮惜鵝羣

故女道士婉儀太原郭氏挽歌詞

作範宮闈睦歸眞道藝（一作藝業）超馭風仙路遠背日帝宮（一作居）遙鸞殿空留處霓裳已罷朝淮王哀不盡松栢但蕭蕭宮禁恩（一作思）長隔神仙道已分人間驚早露天上失朝雲逝水年無限佳城日易曛簫聲將薤曲哀斷不堪聞

少年行

射飛誇侍獵行樂愛聯鑣薦枕青蛾豔鳴鞭白馬驕曲房珠翠合深巷管弦調日晚春風裏衣香滿路飄

歸弋陽山居留别盧邵二侍御

渺渺歸何處沿流附客船久依鄱水住頻稅越人田偶俗機偏少安閒性所便祇應君少慣又欲寄林泉

赴江西湖上贈皇甫曾之宣州

莫恨扁舟去（一作此去君何恨）川途（一作南行）我更遙東西潮渺渺離别雨蕭蕭流水通春谷青山過板橋天涯有來客遲爾訪漁樵（一作潯陽如杜棹千里有歸潮）

湘中紀行十首

湘妃廟

荒祠古木暗寂寂此江濆未作湘（一作湖）南雨知爲何處雲苔痕斷珠履草色帶羅裙莫唱迎仙曲空山不可聞

斑竹巖

蒼梧在何處斑竹自成林點點留殘淚枝枝寄此心寒山響易滿秋水影偏深欲覓樵人路蒙籠（一作朦朧）不可尋

洞山陽（浮丘公舊隱處　一作洞陽山）

舊日仙成處荒林客到稀白雲將犬去芳草任人歸空谷無行徑深山少一作多落暉桃園幾家住誰爲掃荆扉

雲母溪

雲母映溪水溪流知幾春深藏武陵客時過洞庭人白髮慚皎鏡清光媚奫淪寥寥古松下歲晚挂頭巾

赤沙湖

茫茫葭菼外一望一霑衣秋水連天闊涔陽何處歸沙鷗積暮雪川日動寒暉楚客來相問孤舟泊釣磯

秋雲嶺

山色無定姿如煙復如黛孤峰夕陽後翠嶺秋天外雲起遥蔽虧江迴頻向背不知今遠近到處猶相對

花石潭

江楓日摇落轉愛寒潭靜水色淡如空山光復相映人閑流更慢魚戲波難定楚客往來多偏知白鷗性

石圍峰一作石菌山

前山帶秋色獨往一作作秋江晚疊嶂入雲多孤峰去人遠寅緣不可到蒼翠空在眼渡口問漁家桃源路深淺

浮石瀨

秋月照瀟湘月明聞盪槳石横晚瀨急水落寒沙廣衆嶺猨嘯重空江人語響清暉朝復暮如待扁舟賞

横龍渡

空傳古岸下曾見蛟龍去秋水晚沈沈猶一作獨疑在深一作何

處亂聲沙上石倒影雲中樹獨見（一作繫）一扁舟樵人往來渡

雜詠八首上禮部李侍郎

幽琴（中二聯作聽琴絕句已見前卷）

月色滿軒白琴聲宜夜闌飀飀青絲上靜聽松風寒古調雖自愛今人多不彈向君投此曲所貴知音難

晚桃

四月深澗底桃花方欲然寧知地勢下遂使春風偏此意頗堪惜無言誰爲傳過時君未賞空媚幽林前

疲馬

玄黄一疲馬筋力盡胡塵驤首北風夕徘徊鳴向人誰

憐棄置久却與駑駘親猶戀長城外青青寒草春

春鏡

寶鏡凌曙開含虛淨如水獨懸秦臺上萬象清光裏豈慮高鑒偏但防流塵委不知娉婷色回照今何似

古劍

龍泉閟古匣苔蘚淪此地何意久藏鋒翻令世人棄鐵衣今正澀寶刃猶可試儻遇拂拭恩應知剸犀利

舊井

舊井依舊城寒水深洞徹下看百餘尺一鏡光不滅素綆久未垂清涼尚含潔豈能無汲引長訝君恩絕

白鷺

亭亭常獨立川上時延頸秋水寒白毛夕陽弔孤影幽姿閑自媚逸翮思一騁如有長風吹青雲在俄頃

寒釭

向夕燈稍進空堂彌寂寞光寒對愁人時復一花落但恐明見累何愁暗難托戀君秋夜永無使蘭膏薄

寄李侍御

舊國人未歸芳（一作滄）洲草還碧年年湖上亭（一作春）悵望江南客驄馬入關西白雲獨何適相思煙水外唯有心不隔

晚泊湘江懷故人

天涯片雲去遥指帝鄉憶惆悵增暮情瀟湘復秋色扁舟宿何處落日羨歸翼萬里無故人江鷗不相識

過鄖三湖上書齋

何事東南客忘機一釣竿酒香開甕老湖色對門寒向郭青山送臨池白鳥看見君能浪跡予亦厭微官

從軍六首

迴看虜騎合城下漢兵稀白刃兩相向黄雲愁不飛手中無尺鐵徒欲突重圍

目極鴈門道青青邊草春一身事征戰匹馬同苦辛末路成白首功歸天下人

倚劒白日暮望鄉登戍樓北風吹羌笛此夜關山愁迴首不無意濘河空自流

黄沙一萬里白首無人憐報國劒已折歸鄉身幸全單

千古臺下邊色寒蒼然

落日更蕭條北風動枯草將軍追虜騎夜失陰山道戰敗仍樹動韓彭但空老

草枯（一作秋草）秋塞上望見漁陽郭胡馬嘶一聲漢兵淚雙落誰爲吮瘡者此事令人薄

龍門八詠

闕口

秋山日（一作向）搖落秋水急波瀾獨見魚龍氣長令煙雨寒誰窮造化力空向兩崖看

水東渡

山葉傍崖赤千峰秋色多夜泉發清響寒渚生微波稍見沙上月歸人爭渡河

福公塔

寂寞對伊水經行長未還東流自朝暮千載空雲山誰見白鷗鳥無心洲渚間

遠公龕

松路向精舍花龕歸老僧閑雲隨錫杖落日低金繩入夜翠微裏千峰明一燈

石樓

隱隱見花閣隔河映青林水田秋雁下山寺夜鐘深寂寞羣動息風泉清道心

下山

誰識往來意孤雲長自閑風寒未渡水日暮更看山木
落衆峰出龍宮蒼翠間

水西渡 一作西渡水

伊水搖鏡光纖鱗如不隔千龕道傍古一鳥沙上白何
事還 一作閑 山雲 一作寒 能留向城客

渡水

日暮下山來千山暮鐘發不知波上棹還弄山中月伊
水連白雲東南遠明滅

月下聽砧

夜靜掩寒城清砧發何處聲聲擣秋月腸斷盧龍戍未
得 一作有 寄征人愁霜復愁露

送丘爲赴上都 一作送皇甫曾

帝鄉何處是岐路空垂泣楚思 一作客 愁暮多川程 一作長 帶潮
急潮歸人不歸獨向空 一作迴 塘立

題大理黃主簿湖上高齋

閉門湖水畔自與白鷗親竟日窗中岫終年林下人俗
輕儒服弊家厭法官貧多雨茅簷夜空洲草徑春桃源
君莫愛且作漢朝臣

平蕃曲三首

吹角報蕃營迴軍欲洗兵已教青海外自築漢家城
渺渺戍煙孤茫茫塞草枯隴頭那用閉萬里不防胡
絶漠大軍還平沙獨戍閑空留一片石萬古在燕山

送鄭說之歙州謁薛侍郎（一作薛能郎中）

漂泊來千里，謳謠滿百城。漢家尊太守，魯國重諸生。俗變人難理，江傳（一作流）水至清。船經危石住（一作往），路入亂山行。老得滄洲趣，春傷白首情。嘗聞馬南郡，門下有康成。

題獨孤使君（一作常州）湖上林（一作新）亭

出樹倚朱闌，吹鐃引上官。老農持鍤拜，時稼捲簾看。水對登龍淨，山當建隼寒。夕陽湖草動，秋色渚田寬。渤海人無事，荊州客獨安。謝公何足比，來往石門難。

酬滁州李十六使君見贈（李公與予俱於陽羨山中新營別墅以其同志因有此作）

滿鏡悲華髮，空山寄此身。白雲家自有，黃卷業長貧。嬾任垂竿老，狂因釀黍春。桃花迷聖代，桂樹狎幽人。幢蓋

方臨郡，柴荊忝作鄰。但愁千騎至，石路却生塵。

送嚴維赴河南充嚴中丞幕府

久別耶溪客，來乘使者軒。用才榮入幕，扶病喜同樽。山屐留何處，江帆去獨翻。暮情辭鏡水，秋夢識雲門。蓮府開花萼，桃園寄子孫。何當舉嚴助，徧沐漢朝恩。

酬包諫議佶見寄之什

佐郡媿頑疎，殊方親里閭。家貧寒未度，身老歲將除。過雪山僧至，依陽野客舒。藥陳隨遠宦，梅發對幽居。落日棲鵶鳥，行人遺（一作達）鯉魚。高文不可和，空媿學相如。

棲霞寺東峰尋南齊明徵君故居

山人今不見，山鳥自相從。長嘯辭明主，終身臥此峰。泉

源通石徑碉户掩塵容古墓依寒草前朝寄老松片雲生斷壁萬壑遍疎鐘惆悵空歸去猶疑林下逢

奉和趙給事使君留贈李婺州舍人兼謝舍人别駕之什

便道訪情親東方千騎塵禁深分直夜地遠獨行春絳闕辭明主滄洲識近臣雲山隨候吏雞犬逐歸人庭顧婆娑老邦傳蔽芾新玄暉翻佐理聞到郡齋頻

行營酬呂侍御時尚書問罪襄陽軍次漢東境上侍御以州鄰寇賊復有水火迫於征稅詩以見諭

不敢淮南臥來趨漢將營受辭瞻左鉞扶疾往前旌井稅鶉衣樂壺漿鶴髮迎水歸餘斷岸烽至掩孤城晚日歸千騎秋風合五兵孔璋才素健早晚檄書成

登遷一作僊仁樓訓子壻李穆

臨風敞麗譙落日聽吹鐃歸路空迴首新章已在腰非才受官謗無政作人謡儉歲安三户餘年寄六條春蕪生楚國古樹過隋朝賴有東牀客池塘免寂寥

别李氏女子

念爾嫁猶近稚年那别親臨岐方教誨所貴和六姻俛首戴荆釵欲拜凄且嚬本來儒家子莫恥梁鴻貧漢川若可涉水清石磷磷天涯遠鄉婦月下孤舟人

長沙早春雪後臨湘水呈同遊諸子

汀洲暖漸渌，煙景淡相和。舉目方如此，歸心豈奈何。日華浮野雪，春色染湘波。北渚生芳草，東風變舊柯。江山古思遠，猨鳥暮情多。君問漁人意，滄浪自有歌。

自道林寺西入石路至麓山寺過法崇禪師故居

山僧候谷口，石路拂（一作掃）莓苔。深入泉源去，遥從樹杪回。香隨青靄散，鐘過白雲來。野雪空齋掩，山風古殿開。桂寒知自發，松老問誰栽。惆悵湘江水，何人更渡杯。

和袁郎中破賊後軍行過剡中山水謹上太尉（即李光弼）

剡路除荊棘，王師罷鼓鼙。農歸滄海畔，圍解赤城西。敕罪春陽發，收兵太白低。遠峰來馬首，橫笛入猨啼。蘭渚催新幄，桃源識故蹊。已聞開閣待，誰許卧東溪。

送鄭十二（一作山人）還廬山别業

潯陽數畝宅，歸卧掩柴關。谷口何人待（一作在），門前秋草閑。忘（一作無）機賣藥罷，無語（一作揮手）杖藜還。舊筍成寒竹，空齋向暮山。水流經（一作過）舍下，雲去（一作起）到人間。桂樹花應發，因行寄一攀。

至饒州尋陶十七不在寄贈

謫宦投東道，逢君已北轅。孤蓬向何處，五柳不開門。去國空迴首，懷賢欲訴寃。梅枝橫嶺嶠，竹路過湘源。月下高秋雁，天南獨夜猨。離心與流水，萬里共朝昏。

高秋雁天南過夜猿離心與流水萬里共朝昏

國空迴首懷賢欲訴寃梅枝橫嶺嶠竹路過湘源月下

謫宦投東道逢君已北轅孤蓬向何處五柳不開門去

全饒州尋陶十七不在寺贈

一攀

山水流經（過一作）舍下雲去（起一作）到人間桂樹花應發因行寄

忘（無一作）機賣藥罷無語（詩一作）杖藜還舊筍放寒竹空齋向暮

潯陽數畝宅歸臥梅架谷口向人待（在一作）門前秋草閉

送鄭十二（入一作）還廬山別業

倦游桃源識故溪已聞開閣待論詩即東溪

罪春陽發故共太白依遙峯來思沼橫留人縷帶蘭渚

迴路除荊棘王師罷鼓鼙農歸滄海畔圍解赤城西

和（光明 劉李）來郎中破賊後軍行過剡中山水謹上太尉

寒知白發松老問謙戲潮候湘江水何入更須杯

香隨青藹散鐘過白雲來野雪空齋掩山風古殿開桂

山僧候谷口石路掃（一作掃）莓苔深入泉源去遙從樹杪回

居

自道林寺西入石路至麓山寺過法崇禪師故

古思遠殘鳥暮情多君問漁人意滄浪自有歌

華浮雲春色染湘波北渚生芳草東風變舊柯江山

行洲暖漸流煙景淡相和來目方爲此歸心豈奈何日